D1674249

UND **WIR** WERDEN
WEITER DURCH SEIDE
FURZEN

Weitere Bücher von Jean-Marc Reiser im Achterbahn Verlag:

Der Schweinepriester
Die roten Ohren
Es ist genug für alle da
Familie Schlaubuckel
Jeanine
Leben unter heißer Sonne
Mein Papa
Phantasien
Saison des amours
Seid ihr häßlich
Sexdoping
Tierleben
Unter Frauen

Die Deutsche Bibliothek - CIP-Einheitsaufnahme
Reiser, Jean M:
Das Glück hat uns links liegenlassen/Jean Marc Reiser.-.1.Aufl. 1995
Kiel: Achterbahn Verlag GmbH
ISBN 3-928950-94-0
NE:HST

1. Auflage 1995
Achterbahn Verlag GmbH
Werftbahnstr. 8
24143 Kiel

Gesamtherstellung: Nieswand Druck GmbH, Kiel
Printed in Germany

© Achterbahn Verlag GmbH 1995
ISBN 3-928950-94-0
On est passé á côté du bonheur © Editions Albin Michel/Reiser
Übersetzung: Bernd Fritz
Lektorat: Agnes Bucaille-Enter

REISER

DAS GLÜCK HAT UNS LINKS LIEGENLASSEN

1974
Die Jahrgangs-Reiser

achterbahn

Ein Reiser - Jahr

„Charlie-Hebdo". Die erste Ausgabe des Jahres 1974. Der Titel ist von Reiser, darüber steht: Noch eine historische Ausgabe. Wieso historisch? Chefredakteur Cavanna:

„Diese Ausgabe ist historisch, weil sie das erste rein technische Titelbild in der Geschichte der Seefahrtzeitschriften bringt."

Eine Premiere, in der Tat. Nie zuvor war eine französische Wochenzeitschrift mit einem Ständer samt Eiern auf dem Titel erschienen. In voller Länge und geblähtem Segel. Tabarly, ein berühmter Skipper, wollte mit seiner „Pen Duick VI" das erste Rennen rund um den Erdball gewinnen.

Er liegt in Führung, da bricht ihm der Mast! Meinen Sie, er gab auf? Nein. Mit etwas Glück beendete er die Etappe, reparierte den Mast, der ihm erneut brach.

Was glauben Sie, womit er weiter segelte? Welch ein Mann! Welch ein Franzose! Die Kommentatoren, eben noch zu Tode betrübt, jauchzten himmelhoch.

Reiser brachte die Sache auf den Punkt. Allerdings wurde damals sein Titelbild nirgends nachgedruckt. Ein Schwanz! Die sind doch verrückt, die von „Charlie-Hebdo". Wir waren verrückt.

Ham wir gelacht!

Heutzutage ist ein Schwanz auf dem Titel alltäglich. 1974 konnten wir nur sagen: „Wir werden eingelocht werden, wir werden verboten werden. Aber er ist einfach zu schön." Doch wir wurden weder verhaftet noch verboten. Der fürchterliche Marcellin, Innenminister, der sich schon einmal mit einem Verbot die Finger an „L´ Hebdo-Hara-Kiri" verbrannt hatte – was ihm Schimpf und uns Ruhm einbrachte –, tat, als habe er nichts gesehen.

Damit hatte die künstlerische Freiheit einen großen Sprung nach vorn gemacht.

Danke, Reiser.

Der Rückzug Marcellins bedeutete das Ende der Zensur im Scheitelpunkt der Ära De Gaulle-Pompidou. Pompidou brauchte eigentlich nur noch zu sterben. Er starb. 1958, als uns der Algerienkrieg De Gaulle bescherte, war Reiser gerade siebzehn. Die nächsten sechzehn Jahre sollte er nur ungeteilt rechte Regierungen erleben. Das war lang und lehrte uns, was Unglück heißt. Und als der Präsident der Rechten hinschied, wer hüpfte aus den Urnen?

Giscard d'Estaing. Glücklicherweise hatten wir das Leben noch nicht verlernt.

„Das Glück hat uns links liegen lassen", die tagespolitischen Zeichnungen Reisers von 1974, handelt von den letzten Amtsmonaten Pompidous und den ersten Giscards. Dazwischen ein Großereignis: Die Wahlkampagne. Zwölf Kandidaten.

Für die Rechte am gefährlichsten war Mitterrand, der gemeinsame Kandidat der Linken. Der pittoreskeste war der Minister Royer. Royer repräsentierte die ewigen Werte Frankreichs. Er hielt sich für das Bollwerk gegen die Verwilderung der Sitten, just in dem Augenblick, als in den Straßen die organisierte Frauenbewegung (MLF)[1], die Bewegung für freie Abtreibungen und Empfängnisverhütung (MLAC)[2] und die Revolutionäre Schwule Aktionsfront (FHAR)[3] defilierten.

Reiser waren Pompidou und Giscard schnurz und piepe; selbst Mitterrand , der sich mit Giscard im zweiten Wahlgang ein Kopf-an-Kopf-Rennen geliefert hatte, ließ Reiser dermaßen kalt, daß er ihn nicht einmal zeichnete.

Umso öfter Franco, den er regelrecht haßte. Als Franco den jungen Katalanen Puig Antich mit der Garotte hinrichten ließ, rastete Reiser aus. Puig Antich war ein militanter Anarchist, und seit zwölf Jahren waren in Spanien keine Anarchisten mehr hingerichtet worden. Doch Franco fiel im Alter von 82 Jahren wieder in seine früheren Gewohnheiten zurück. Es brachte ihm kein Glück. Er wurde krank, mußte ins Krankenhaus, ließ jedoch mitteilen, daß er sich zu Fuß dorthin begeben habe.

Reiser konnte nicht umhin, ihn zu Fuß zum Friedhof zu schicken. Und im Jahr darauf hatte er das Vergnügen, Franco zu beerdigen.

Eine andere 1974er Knalltüte war der Schah von Persien. Der größenwahnsinnige Despot glaubte allen Ernstes, er könne den Iran zur fünft- oder sechstgrößten Industrienation machen.

In Amerika mußte im gleichen Jahr Nixon wegen Watergate den Hut nehmen, und Gerald Ford wurde der mächtigste Mann der Welt.

In Osteuropa sorgte Breschnew für die nächsten tausend Jahre Kommunismus.

1974 gab Giscard sich fortschrittlich. Mit Françoise Giroud ernannte er eine Statssekretärin für Frauenfragen. Er senkte die Volljährigkeit von einundzwanzig auf achzehn Jahre. Mit Simone Veil legalisierte er die Empfängnisverhütung. Er stellte straffreie Abtreibungen, unter bestimmten Voraussetzungen , in Aussicht. „Frei und kostenlos" hatten MLAC und MLF gefordert. Aber es war nicht die Zeit für Geschenke. Die Rezession richtete sich häuslich ein. Die erdölproduzierenden Länder drosselten die Ausfuhren, der Benzinpreis ging hoch. Jeder mußte sich einschränken. Die Ölscheichs tanzten uns auf der Nase herum. Die staatliche Stromversorgung EDF setzte voll auf Kernkraft, die Arbeitslosigkeit setzte wieder ein. Die Inflation gallopierte. Es gab langandauernde Streiks. Bis hin zu den drei Kanälen des staatlichen Fernsehens, das seine Programme einstellte.

An Katastrophen gab es das Unwetter an der Manche mit 34 Toten. Ein türkisches Flugzeug explodierte und zerschellte wenige Kilometer neben den Rollbahnen und wenige Stunden vor der Einweihung des Flughafens Charles de Gaulle. 345 Tote.

Und was war sonst aktuell, 1974? Man unterhielt sich, liebte sich. Aktuell war stets Reiser. Von Franco ist nichts geblieben, nichts von Breschnew, nichts vom Schah. Von Reiser aber ist jede Menge Reiser geblieben.

D.D.T

(Delfeil de Ton)
((Anmerkungen))
[1] Mouvement de Libération des Femmes
[2] Mouvement pour la Liberté de l'Avortement et de la Contraception
[3] Front Homosexuel d' Action Rèvolutionnaire

MODEFRÜHLING '74
DIE FRAUEN WERDEN
WIEDER FEMININER

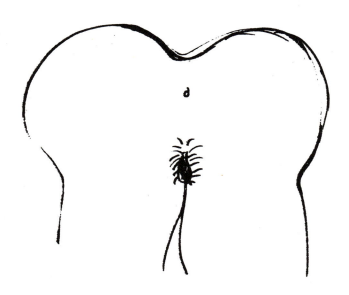

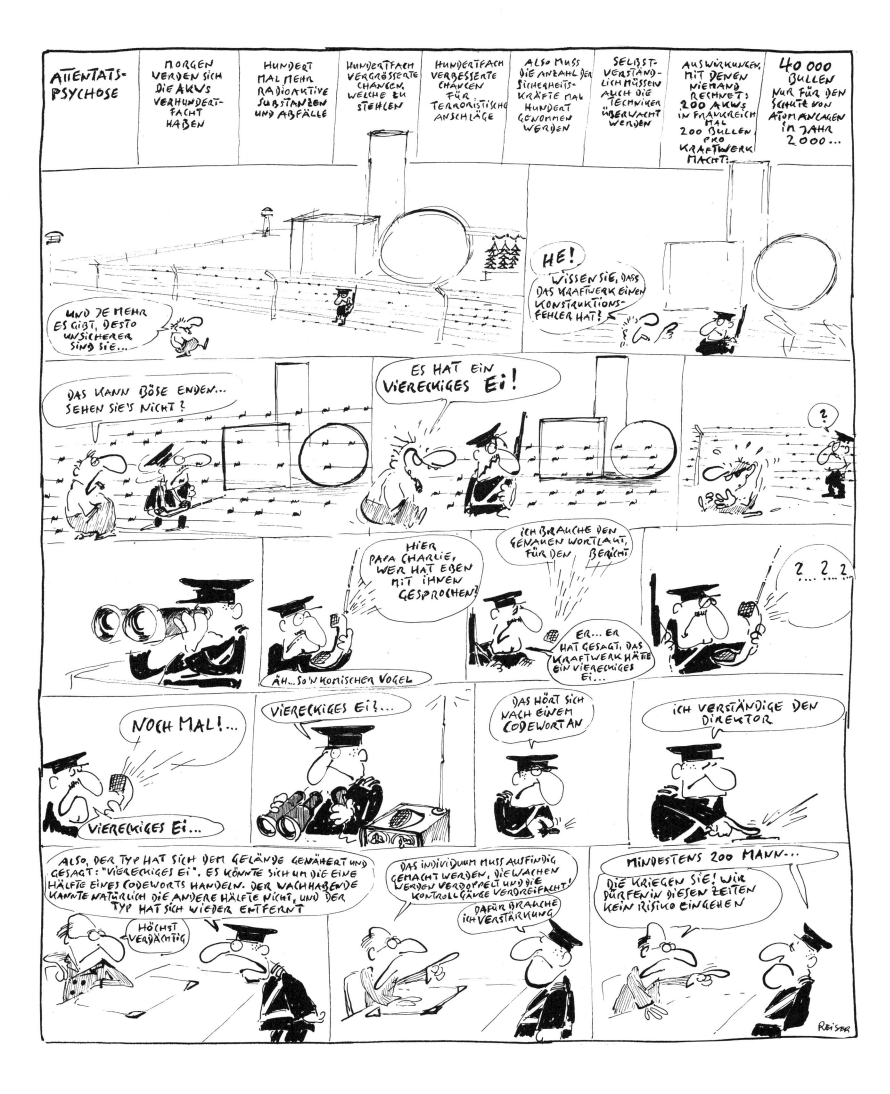

EINE LANZE FÜR DIE SELBSTÄNDIGEN

EIN LITERARISCHER ABEND

* EIN VON DEN ARBEITERN 1970 IN SELBSTVERWALTUNG ÜBERNOMMENES UHRENWERK

VERDÄMMERN! · ALLE VERDÄMMERN!

ES PASSIERT NICHTS!

UND WAS PASSIERT, IST ÖD UND TRIST

DAS ENDE DER GROSSEN UTOPIEN... LIP* GING AUS WIE DAS HORNBERGER SCHIESSEN

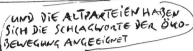

UND DIE ALTPARTEIEN HABEN SICH DIE SCHLAGWORTE DER ÖKO-BEWEGUNG ANGEEIGNET

ALLES, ALLES VERDÄMMERT

VON DER POLITIK BIS ZUR SEXUALITÄT - NIX NEUES!

WO BLEIBEN DIE FILME, IN DENEN SICH BUTTER IN DEN HINTERN GESCHMIERT WURDE?

WO DIE HEROISCHEN SCHLACHTEN?...

DER SCHÜLER GEGEN DEBRÉ?

DIE LINKE VERDÄMMERT...

POMPIDOU VERDÄMMERT

MESSMER VERDÄMMERT

SATIRE VERDÄMMERT

ES IST EINE EWIGKEIT HER, DASS «CHARLIE HEBDO» VERBOTEN WURDE

TRISTESSE UND EINERLEI WOHIN MAN BLICKT

AUS, SCHLUSS, ENDE!

NICHT MAL EIN KRIEG AM HORIZONT!

DER GOLDPREIS STEIGT, DER FRANC FÄLLT, DAS LAND FÄLLT VERDÄMMERND HINTERHER

ICH DACHTE, HIER WÜRDE ÜBER LITERATUR GESPROCHEN?

JA, RICHTIG...

REDEN WIR ÜBER SOLSCHENIZYN

ALARM! SOLSCHENIZYN IST EIN VERKLEIDETER MÖNCH

NORMALER MÖNCH

ZIEHEN

EINE VIERTEL DREHUNG

FERTIG IST SOLSCHENIZYN

UND SO WAS NENNEN SIE LITERATUR KRITIK, SIE!?

REISER

FANTASIEN

DIE GLOTZE MACHT BLÖD!

Die Hippie-Armee

VERHÜTUNG – ABTREIBUNG

ERST FÜLLEN SIE
EINEN WIE'N TRUTHAHN.
UND DANN NEHMEN SIE EINEN AUS
WIE'NE WEIHNACHTS-
GANS

FREIE und KOSTENLOSE
ABTREIBUNG =

WENIGER SOLDATEN
WENIGER ARSCHLÖCHER
WENIGER TOURISTEN
WENIGER DRECKSPATZEN
WENIGER BULLEN

GOTT,
WIRD DAS
ÖDE!

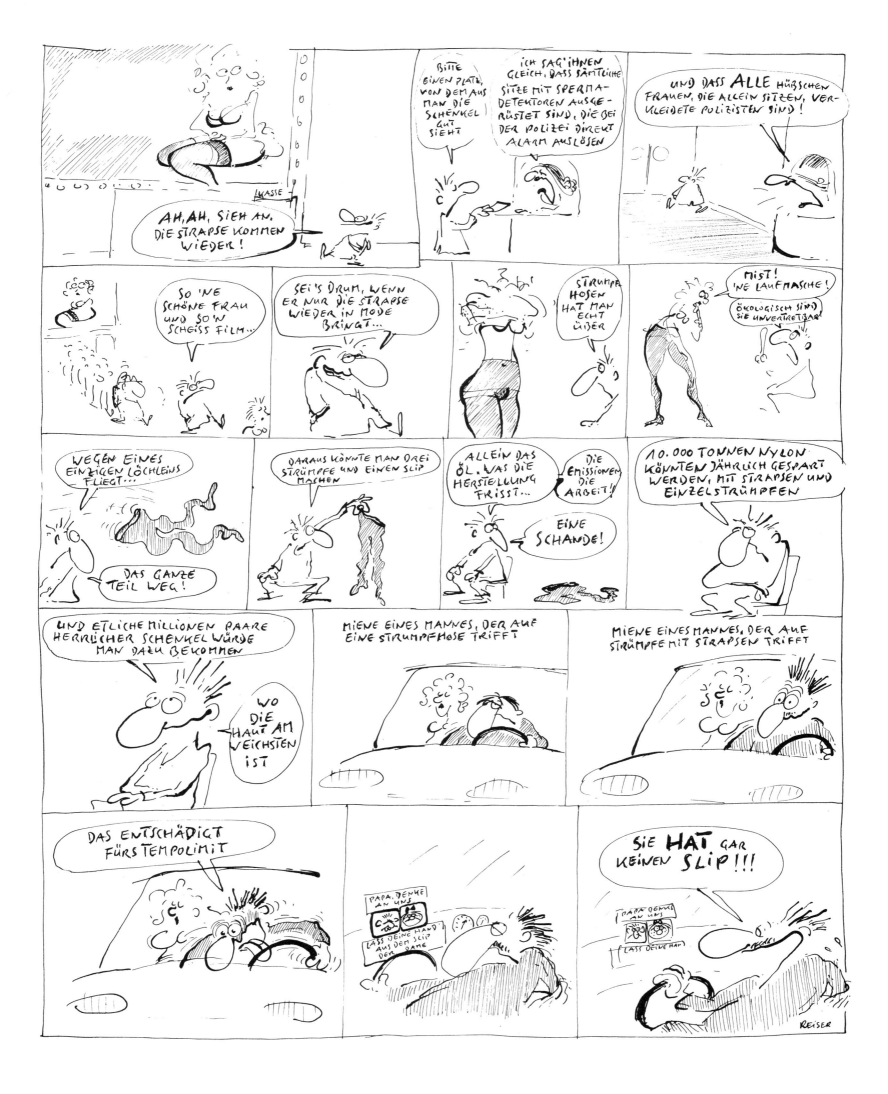

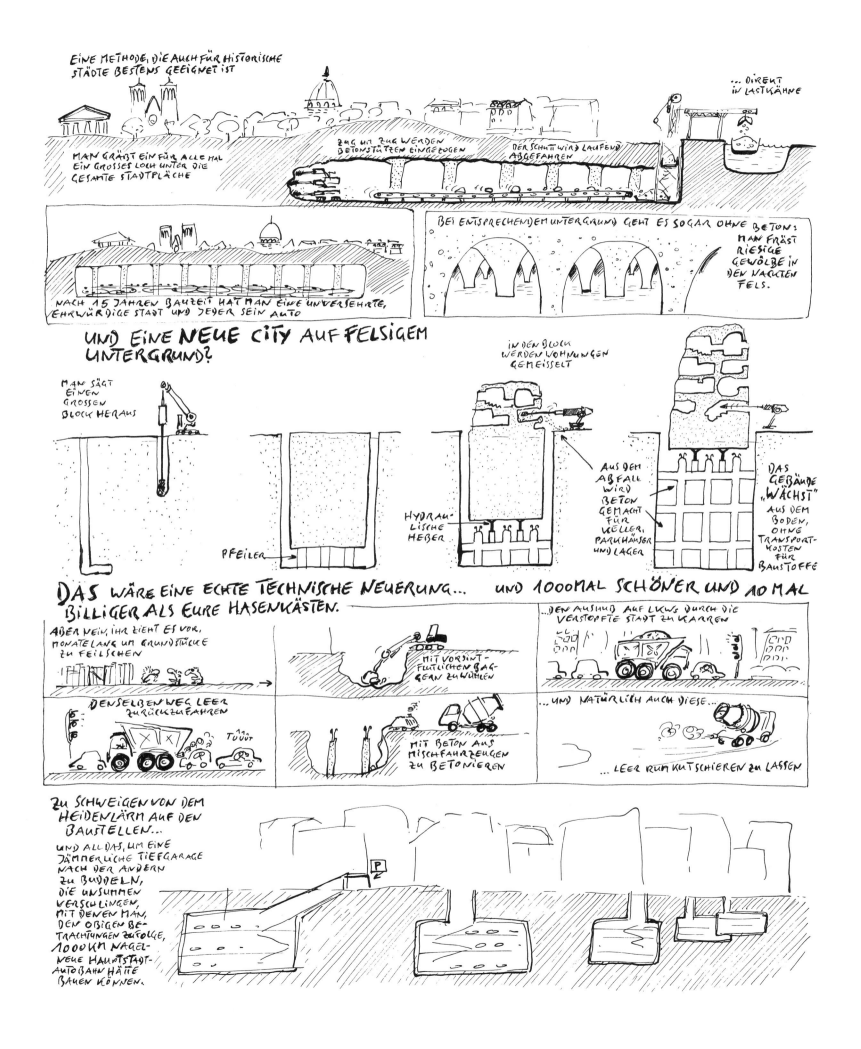

REZESSION: DIE VERANTWORTLICHEN LAUFEN FREI HERUM

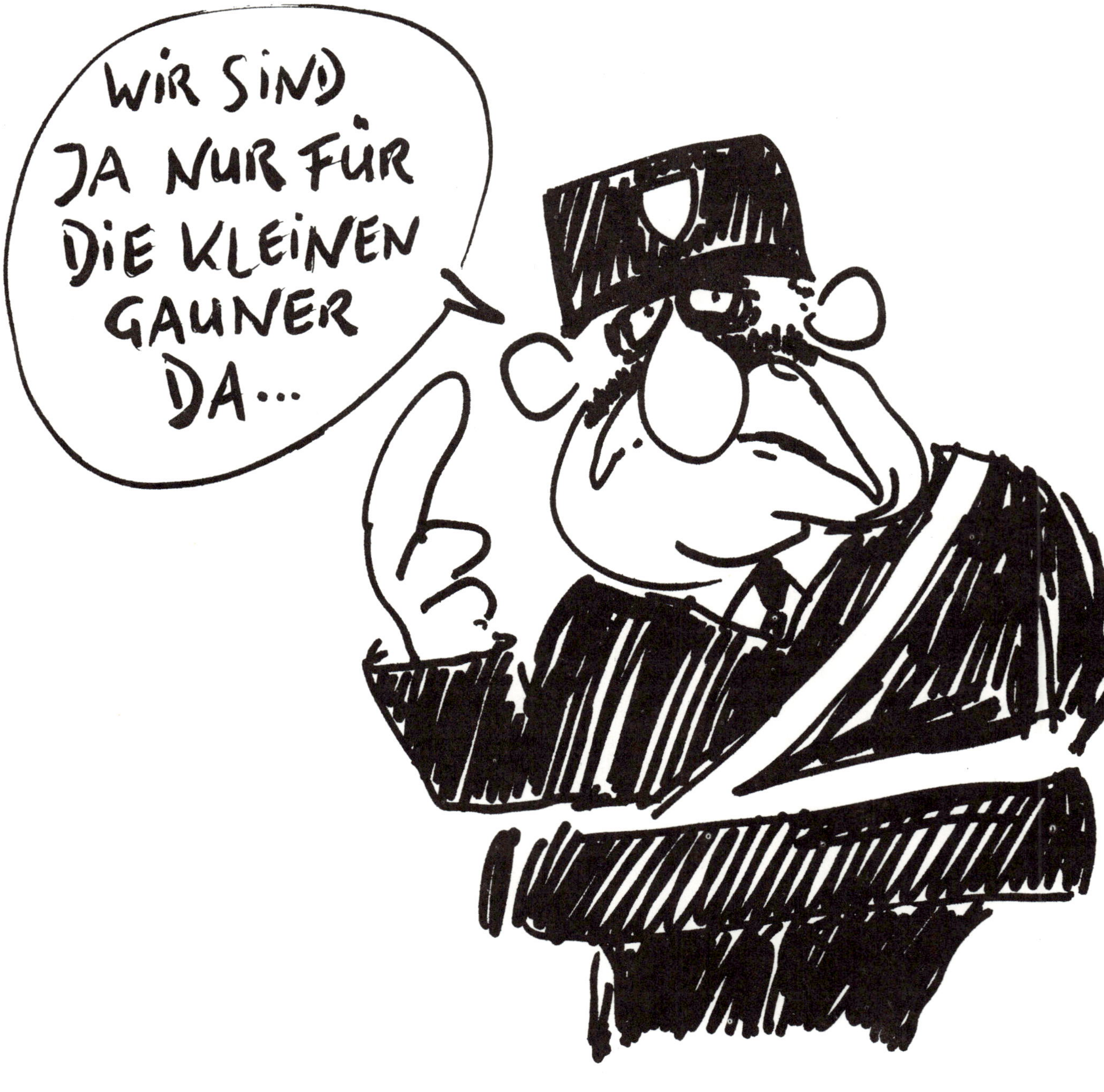

ist uns scheissegal!

DUMME FRAGEN (241): IST DIE CONCORDE RENTABEL?

DAS SPIELT DOCH GAR KEINE ROLLE. DIE CONCORDE IST EIN FLUGZEUG FÜR DIE REICHEN, UND FÜR DIE REICHEN IST RENTABILITÄT KEIN KRITERIUM

EINE VILLA IN ST. JUAN-LES-PINS ZU HABEN + EIN CHALET IN MORZINE + EIN APPARTEMENT IN PARIS

... IST AUCH NICHT RENTABEL, MAN HAT'S ABER DOCH.

DIE REICHEN KAUFEN EIN WOHNKLO MIT ANRICHTE FÜR 60 000 FRANCS UND VERMIETEN DAS AN DIE ARMEN FÜR 600 IM MONAT

DAS IST RENTABEL!

DIE REICHEN VERBRINGEN IHRE ZEIT DAMIT, DIE ARMEN RENTABEL ZU MACHEN UM SICH IHRE EIGENE UN-RENTABILITÄT LEISTEN ZU KÖNNEN

AUSSERDEM SIND FAST ALLE PASSAGIERE GESCHÄFTSLEUTE, DIE IHR TICKET NICHT SELBER ZAHLEN...

ICH BIN VON BONBEL

ICH GITANES

ICH CHAPDI

ICH TIEFKÜHL-FRITTEN

WAS SOLLTE DIESE ANGEBER DARAN HINDERN, MAL EBEN MORGENS KURZ NACH NEW YORK ZU JETTEN, ZU DEM EINZIGEN ZWECK, VOR ABEND WIEDER ZUM COCKTAIL ZURÜCK ZU SEIN?

DA GEH' ICH DOCH HEUT' MITTAG DURCH DIE 5TH AVENUE...

SIE WAREN HEUT' MITTAG NOCH IN NEW YORK?

NUR DIESE STÄNDIGEN ZEIT-VERSCHIEBUNGEN, DIE MACHEN EINEM ECHT ZU SCHAFFEN...

LETZTE WOCHE BIN ICH MAL ÜBER TOKIO GEFLOGEN, IMMER DER SONNE NACH

NEIN!

WAS MENSCHEN WIE UNS, DEREN ZUHAUSE DIE KÄLTE DER ABFERTIGUNGS-HALLEN IST, FEHLT...

... IST ETWAS MENSCHLICHES, WARMES, ETWAS LEBENDIGES, AUTHENTISCHES

SIE FÜHREN JA EIN AUFREGENDES LEBEN!

SAGEN WIR, ICH DIENE MEINER ZEIT

KÖNNEN SIE MIR FOLGEN!

MIT DOPPELTER SCHALLGE-SCHWINDIG-KEIT

REISER

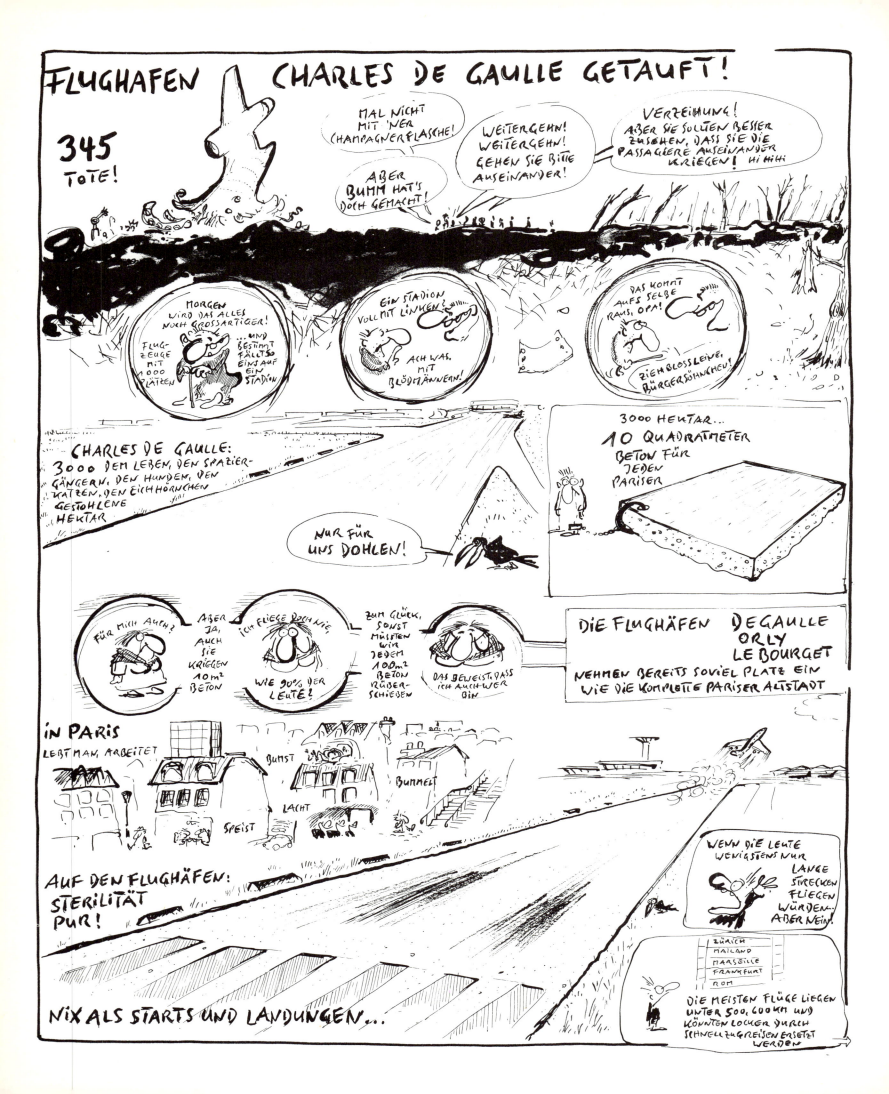

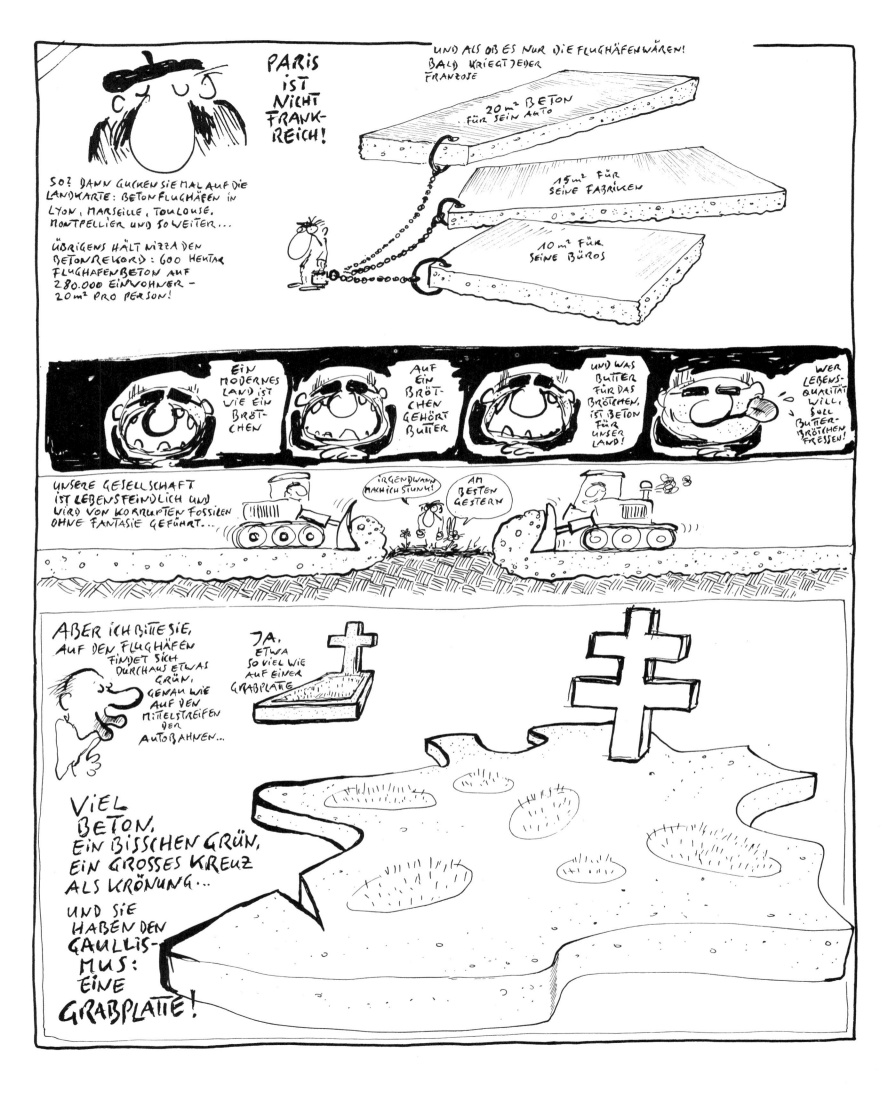

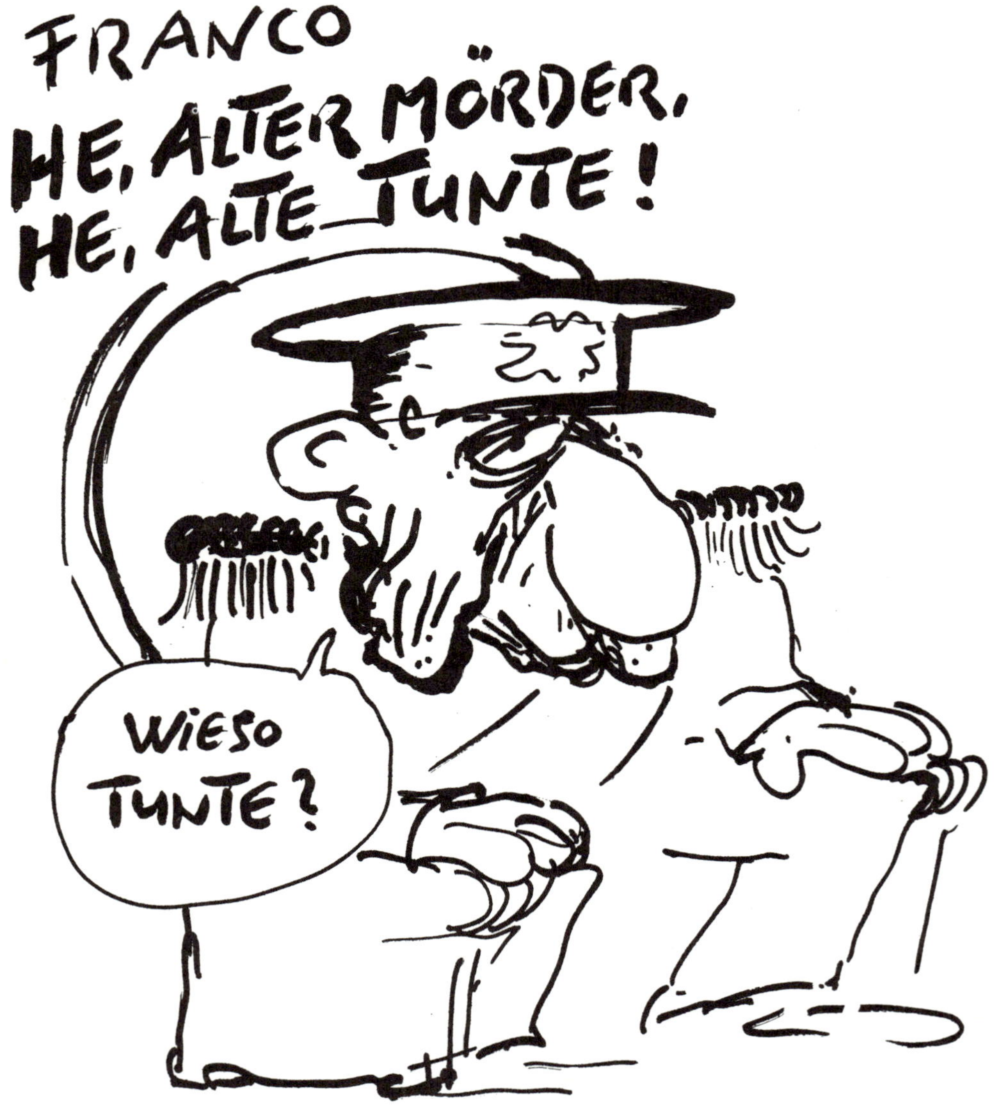
FRANCO
HE, ALTER MÖRDER,
HE, ALTE TUNTE!
WIESO TUNTE?

DAS GESPENST DER ARBEITSLOSIGKEIT
BEGEGNET
DEN GESTIEGENEN LEBENSHALTUNGS-
KOSTEN...
DU SCHON WIEDER, ALTE VETTEL!
BEIM NÄCHSTEN MAL KOST'S 'N BIER!

IN IHRER BESCHEIDENEN UNTERKUNFT SITZEN...

BERNARD PLOYEZ UND BORRIS RAPPOPORT FRIEDLICH BEIM ABENDESSEN. DA...

REICHST DU MIR DAS SALZ?

"KUNSTHANDWERKSTATT" IN DIE LUFT GEFLOGEN:
2 Verletzte, 3 Verhaftungen

ER REICHT IHM DAS CHLORAT...

UND DAS SCHRIEB DIE PRESSE

Alles über die geheime Bombenfabrik

Schlimmer als die 68er!

LINKSRADIKALE JAGEN IHR WAFFENARSENAL IN DIE LUFT

Sie bastelten „Handgranaten" für die Demo: zwei Verletzte

WAS DAS «ARSENAL» ANGEHT: SIE ERSETZTEN LEDIGLICH DIE FÜLLUNG VON GRANATEN DURCH CHLORAT UND KOHLE

SIE ERSETZEN ÜBUNGS-

WOZU DER LÄRM?

TAUSENDE VON LESERN DER BÜRGERLICHEN PRESSE SIND JÄGER UND MACHEN SICH IHRE KARTUSCHEN SELBER

HUNDERTE DAVON SIND GEMEIN-GEFÄHRLICHE KRANKE

DUTZENDE TÖTEN JEDES JAHR IHRE NACHBARN

DAS IST WAS AN-DE-RES

ICH HAB IHN MIT DEM KARNICKEL VERWECHSELT

ABER WEHE, DIE LINKE TUT DAS GLEICHE...

DIE EINZELHÄNDLER SCHIMPFEN AUF DIE FUSSGÄNGERZONEN

MIR SIND AUTOS LIEBER

DIE SIND SAUBER

FRANZÖSISCH

UND SPUCKEN KEIN FEUER

WENN EINE STADT 5000 STRASSEN FÜR DIE AUTOS

UND NUR DREI FÜR DIE FUSSGÄNGER RESERVIERT...

MERGUEZ KINO MERGUEZ KINO MERGUEZ KINO

SEHEN SIE SICH DAS AN: KEINE METZGEREI, KEINE REINIGUNG...

KINO MERGUEZ / KINO MERGUEZ / KINO MERGUEZ

BRAUCHT MAN SICH NICHT ZU WUNDERN, DASS ES DORT GEDRÄNGE GIBT...

DAS REICHT ZUM GLÜCK

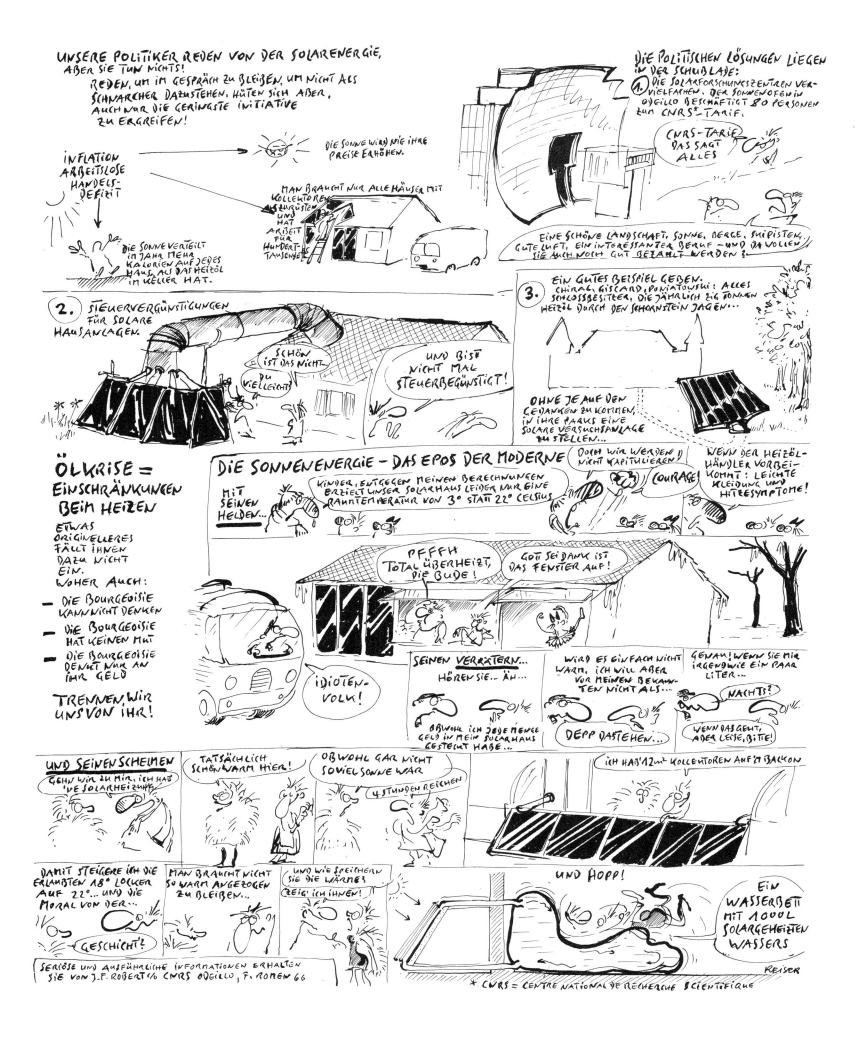

DER AKTUELLE WARENKORB

PRÄSIDENT POMPIDOU IST TOT

SEINE LETZTEN WORTE

FFFURZ!

KLASSE! ALLES BLÜHT UND EINEN MONAT OHNE CHEF!

DIE FRANZOSEN BLICKEN ZUVERSICHTLICH IN DIE ZUKUNFT

WIR WERDEN WIEDER, WIE IDIOTEN WÄHLEN

AUS DER GERÜCHTEKÜCHE (1)

WENN DIE LINKE GEWINNT, GREIFEN DIE BISCHÖFE ZU HARTEN DROGEN

AUS DER GERÜCHTEKÜCHE (2)

DIE MLF*-FRAUEN STIMMEN DIE FÜR MITTERRAND

WAHLWERBUNG

OSTERN – WAHLEN
WEDER GOTT NOCH HERR!

WAHL OHNE QUAL...

Zweiter Durchgang der Präsidentenwahlen

GISCARD D'ESTAING SIEGT MIT 50,66% DER STIMMEN

DAS GLÜCK HAT UNS LINKS LIEGENLASSEN

DIE REPUBLIK IST ANGEEKELT

DIE HAIE AN DER MACHT

BESSER ALS RUSSISCHE PANZER

GISCARD WIRD KEINE 7 JAHRE DURCHHALTEN!

14 TAGE VIELLEICHT!

N° 185 — Lundi 3 juin 1974 — 2,50 F

CHARLIE HEBDO

DIE LINKE TRÖSTET SICH

WIR HABEN DIE SCHÖNEREN FRAUEN!

Reiser

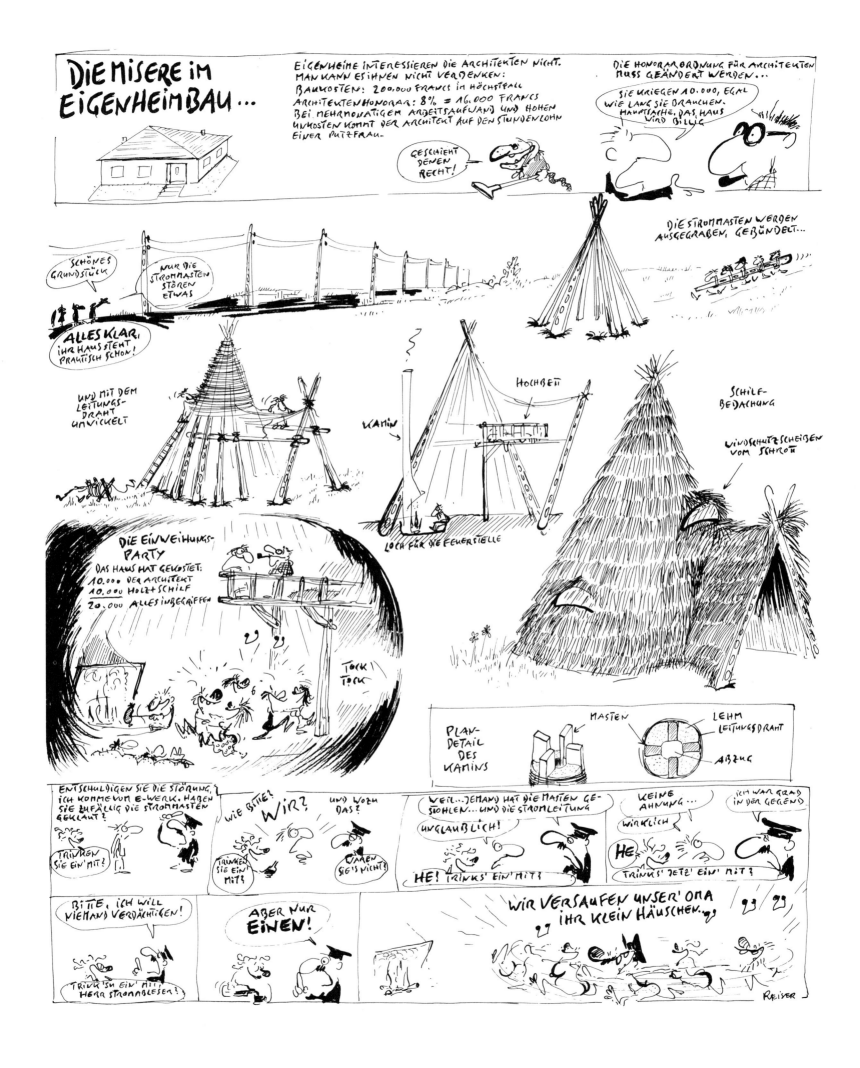

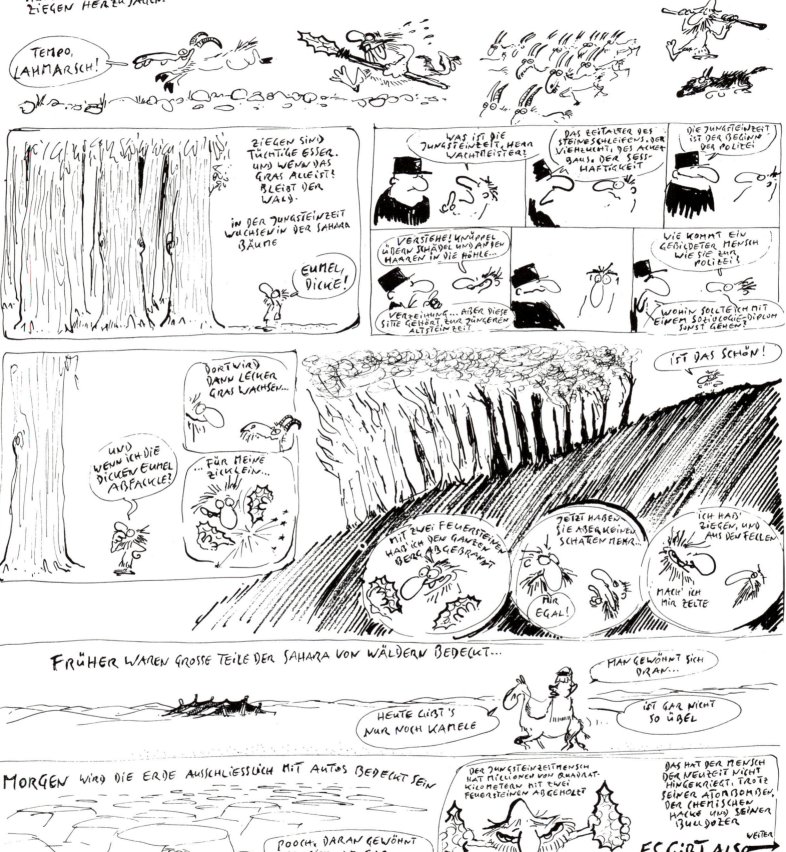

SCHULD AN DER EROSION
DES BODENS WAREN DIE
ACKERBAUMETHODEN DER
KOLONIALISTEN.

DIE SAHARA WAR SCHON EINE WÜSTE BEVOR DIE
ERDNUSSFARMER KAMEN.
EBENSO AUSTRALIEN,
DIE WÜSTEN
VON NEVADA,
MEXIKO, ARABIEN,
DIE WÜSTE GOBI
SOWIESO,
ETC. ETC. ...

ENDLICH
VERTEIDIGT UNS
MAL JEMAND!

NATÜRLICH WAREN
DIE KOLONIALISTEN
TROTZDEM
VERBRECHER.

MAN KANN
NIEMANDEM
MEHR TRAUEN

WENN HEUTE IN DER SAHEL-ZONE HUNGER
HERRSCHT, DANN WEGEN DER
NEOKOLONISATION.
DIE WÜSTE LEBT, NÄMLICH, MAN
MUSS SIE NUR BEWÄSSERN.

DAZU GEHÖRT
TATKRAFT
FANTASIE
GELD

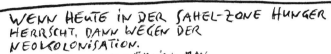

DIE TATKRÄFTIGEN WANDERN IN DIE
INDUSTRIELÄNDER AUS,
BILDEN DORT EIN
SUB-PROLETARIAT
OHNE WAHLRECHT,
WAS DIE AUSBEU-
TUNG DER ARBEITER
DES GASTLANDES
ERHEBLICH
ERLEICHTERT.

EINE EBENSO DEBILE WIE MÄCHTIGE
RELIGION TÖTET DEN GEIST AB.

KORRUPTE
CLANCHEFS
HORTEN
WAFFEN

DIE EINZIGE LÖSUNG
FÜR DIE SAHEL-ZONE:
DIE TATKRÄFTIGEN KEHREN ZURÜCK ...

SETZEN DIE PFAFFEN UND
KORRUPTEN MACHTHABER
VOR DIE TÜR ...

UND KAUFEN STATT
PANZERN SOLARGE-
TRIEBENE PUMPEN UND
ERNTEMASCHINEN GEGEN DEN HUNGER.

DAS IST ALLEMAL VERNÜNFTIGER
ALS SPENDEN UND BARMHERZIGE
SCHWESTERN, VON DENEN NUR DIE
EINHEIMISCHEN BONZEN WAS HABEN ...

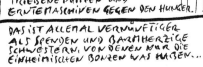

ICH LIEBEN MÄUSCHEN
VON DIE ROTE KREUZ,
MUSS MAN MIT SAMTHAND-
SCHUH ANFASSEN ...

EUROPÄISCHE AGRARORDNUNG

DIE BAUERN SIND DIE GERUPFTEN

KIKERIKI,
IHR
DRECKIGEN
BOCHES!

LANDWIRTSCHAFT: DIE KAUFKRAFT SCHWINDET

FRÜHER
KONNTEN
WIR UNS
STROH IN DEN
SCHUHEN
LEISTEN!

NIE WIEDER!

ESST KAROTTEN!

VOLLJÄHRIGKEIT MIT 18

WIR DÜRFEN JETZT...

CHEF
BULLE
NUTTE
PFARRER
RICHTER
...WERDEN

ALLES ZUKUNFTSBERUFE

FRANCIS BLANCHE *
IM ALTER VON 55 JAHREN GESTORBEN

BOURVIL †
F. RAYNARD †
BOSC †
CHAVAL †

ETWAS ERFREULICHES GIBT'S DOCH IM LEBEN: KOMIKER WERDEN NICHT ALT!

DAS KOMMT DAVON, WENN MAN SICH ÜBER ANDERE LUSTIG MACHT

ICH HAB' MICH NOCH NIE ÜBER JEMANDEN LUSTIG GEMACHT

VOR ALLEM NICHT ÜBER ALTE UND BEHINDERTE

IST MIR GUT BEKOMMEN

WIE WÜRDE ICH SONST WOHL DASTEHEN, JETZT WO ICH ALT UND BEHINDERT BIN

NOCH BESCHISSENER GEHT AUCH GAR NICHT!

MEINE FRAU UND ICH HATTEN IMMER NUR VERACHTUNG FÜR EINANDER ÜBRIG...

ABER: KEINER HAT SICH JEMALS ÜBER DEN ANDERN LUSTIG GEMACHT...

DIE EHE IST EINE VIEL ZU ERNSTE SACHE!

* FILMKOMIKER VON KALIBER FERNANDEL

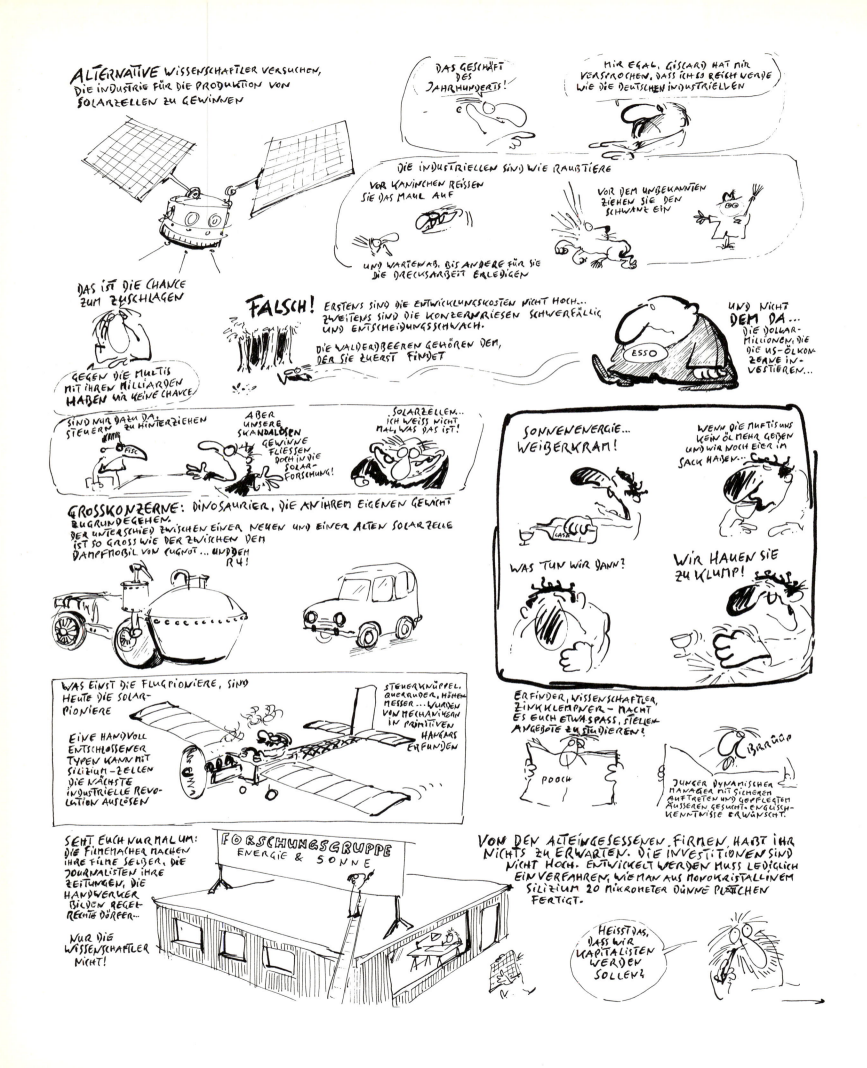

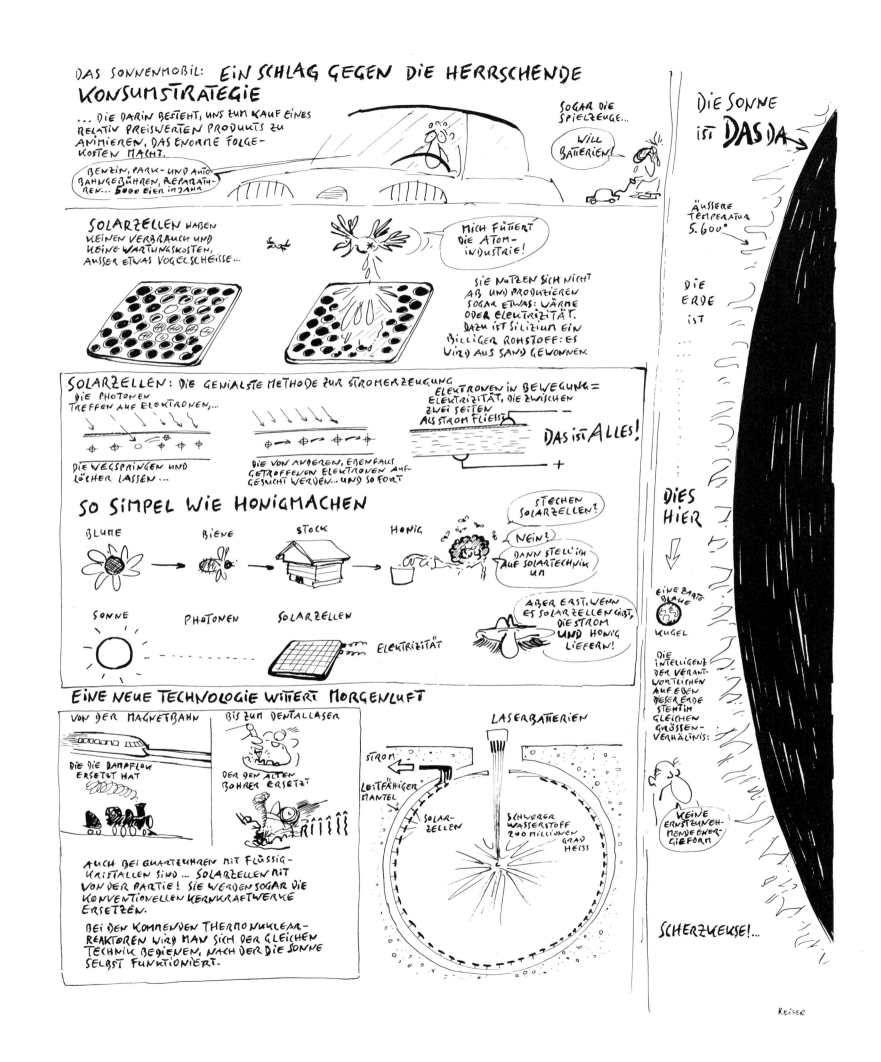

PORNOWELLE
ES REICHT!

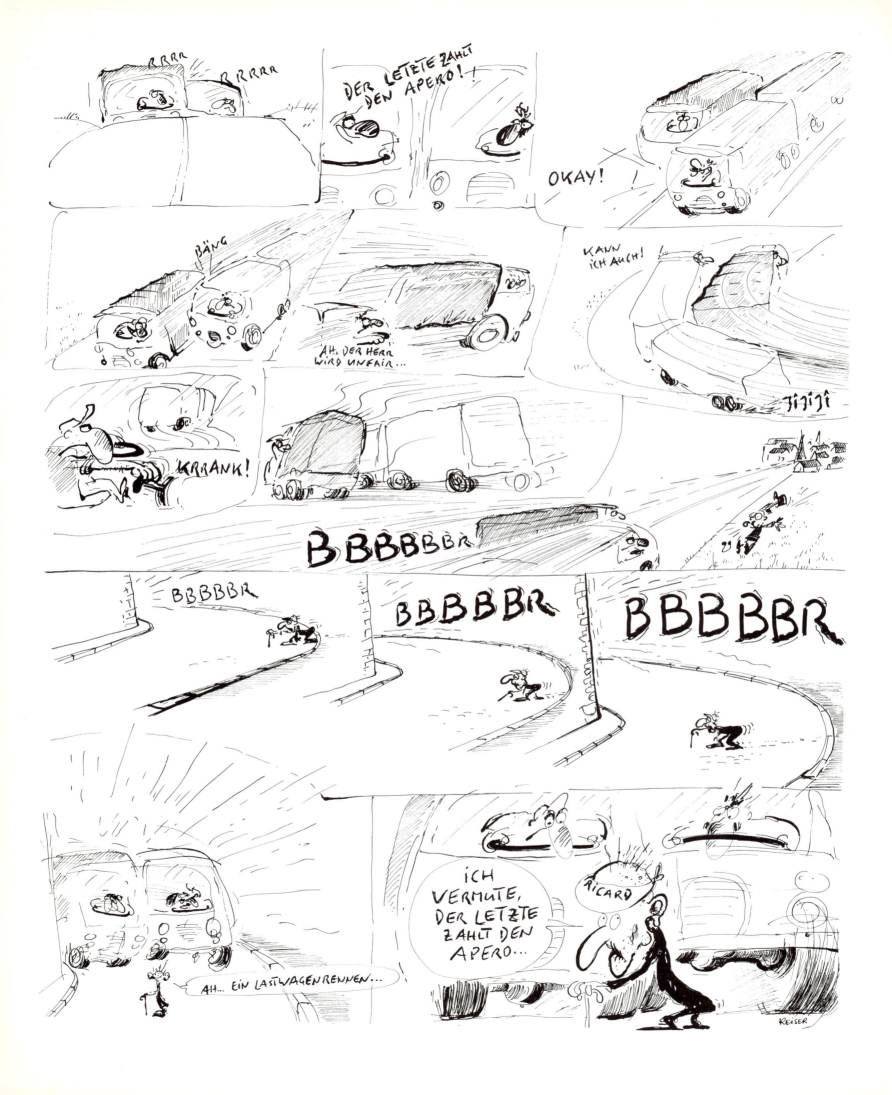

OBEN OHNE:
HÜTEN SIE SICH VOR
ERKÄLTUNGEN!

AUGEN AUF
BEIM URLAUBS-
FLIRT!

FRANCO IM KRANKENHAUS

VERBRECHEN LOHNT SICH

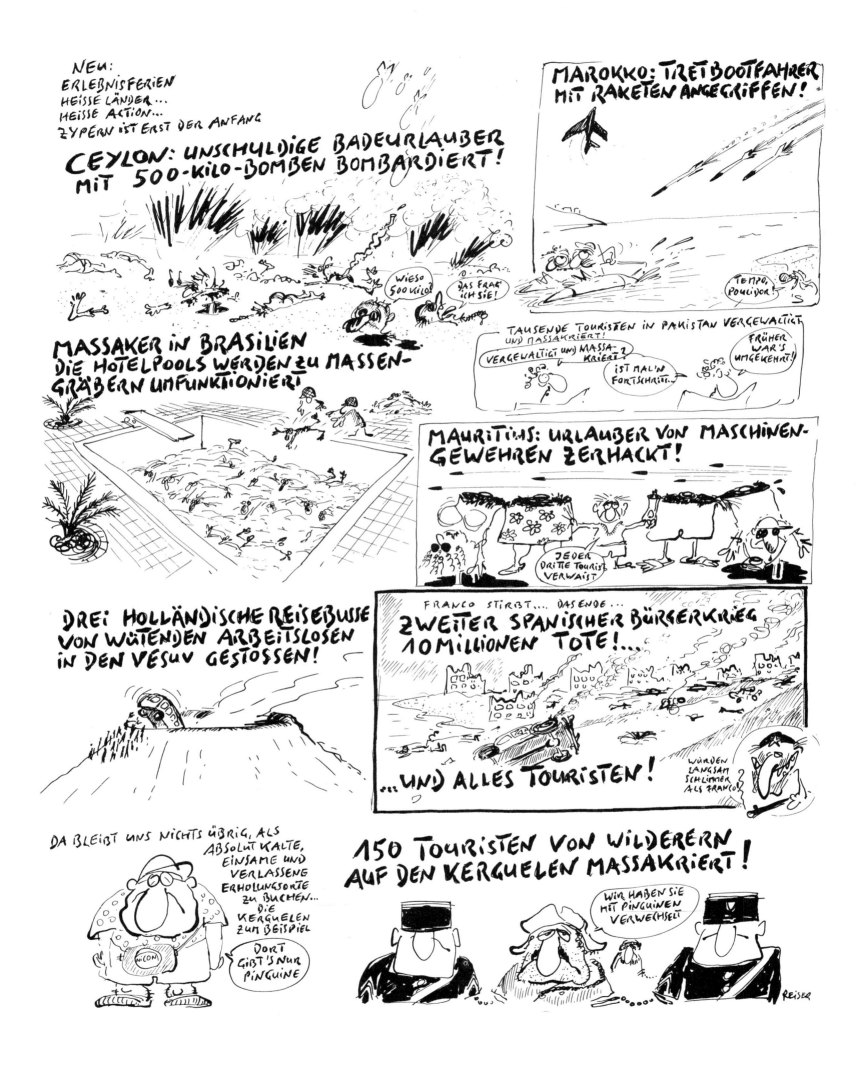

MERGUEZ-POLKA

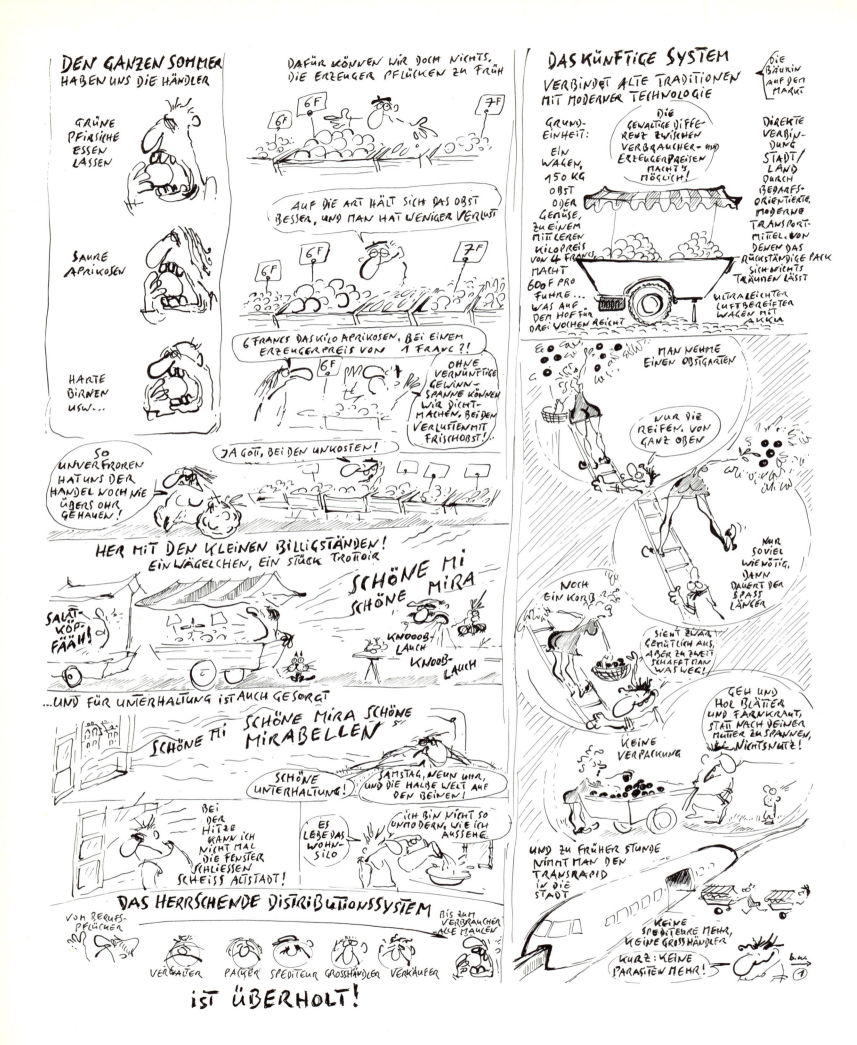

WENN DAS NICHT DIE SYMBIOSE
VON STADT UND LAND IST?!...

BETONNIERT
DIE MÖSEN ZU!

ÜBERBEVÖLKERUNG

FRANCO GEHT ES BESSER

Er läuft schon zum Friedhof

GEFANGENENREVOLTE IM KEIM*ERSTICKT!

LASST DIE KLEINEN LAUFEN!

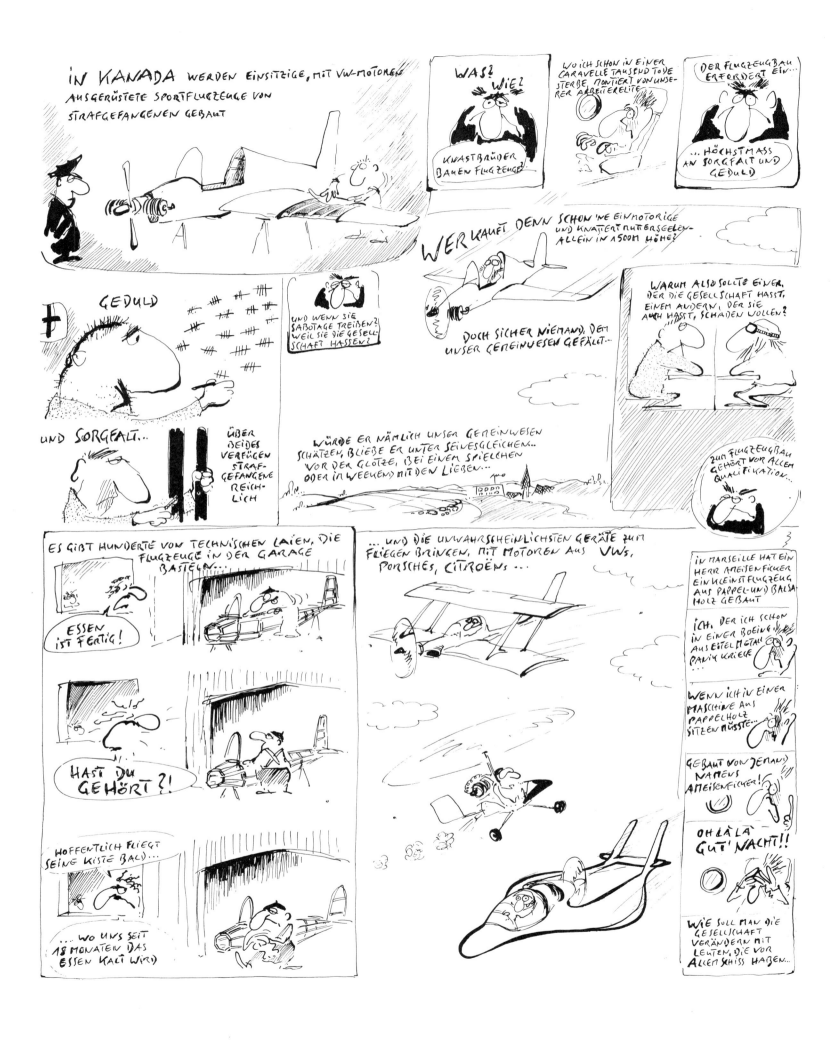

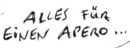

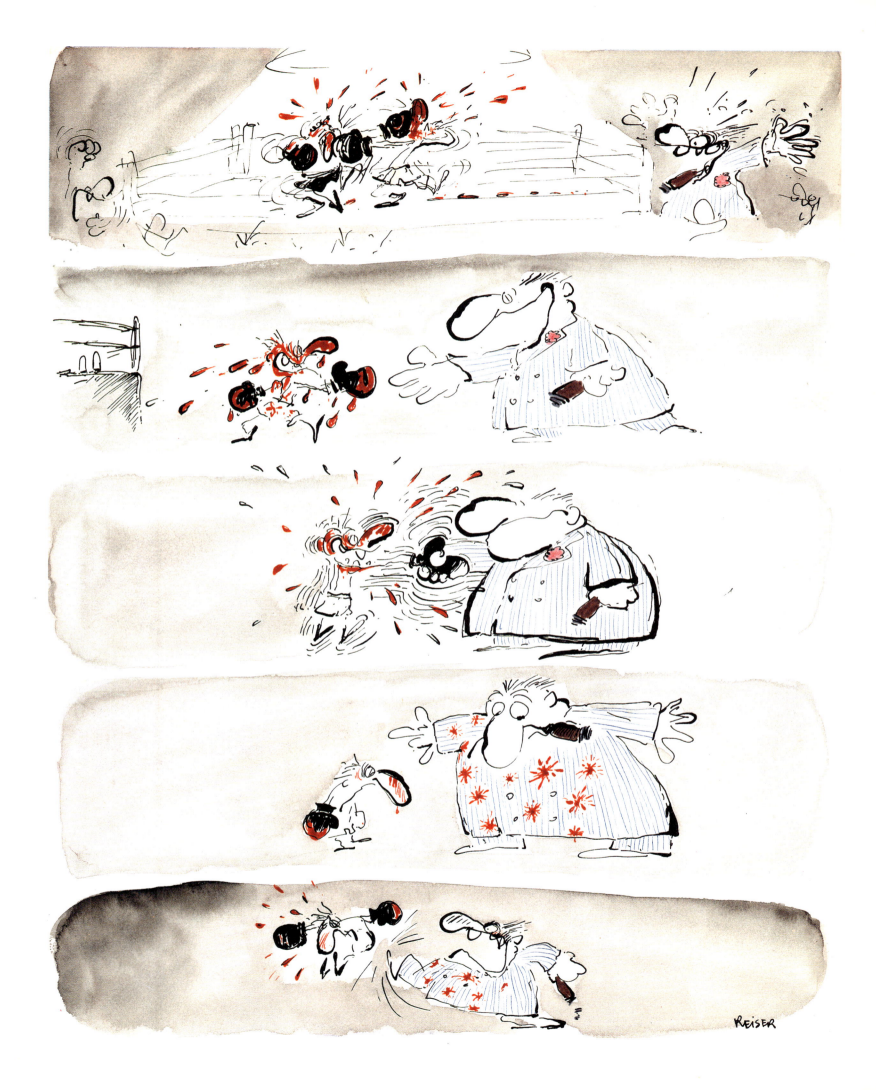

GLIEDERFÜSSLER...

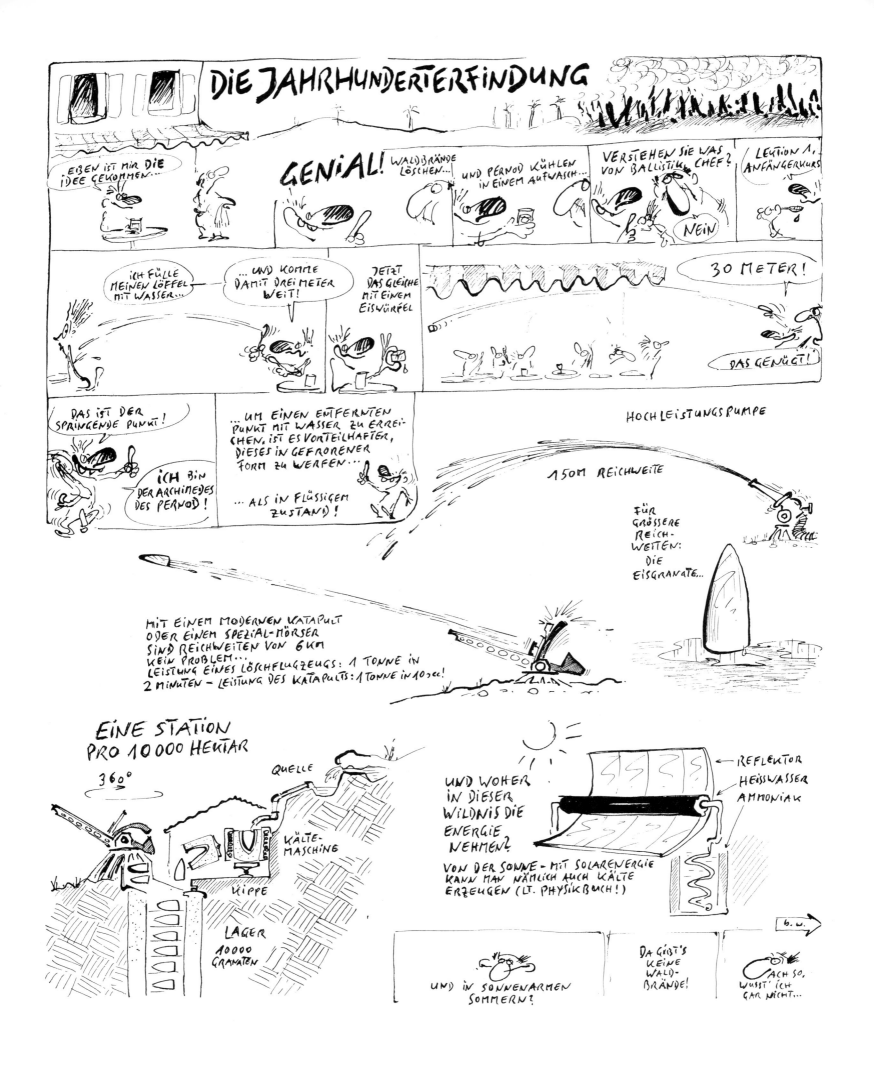

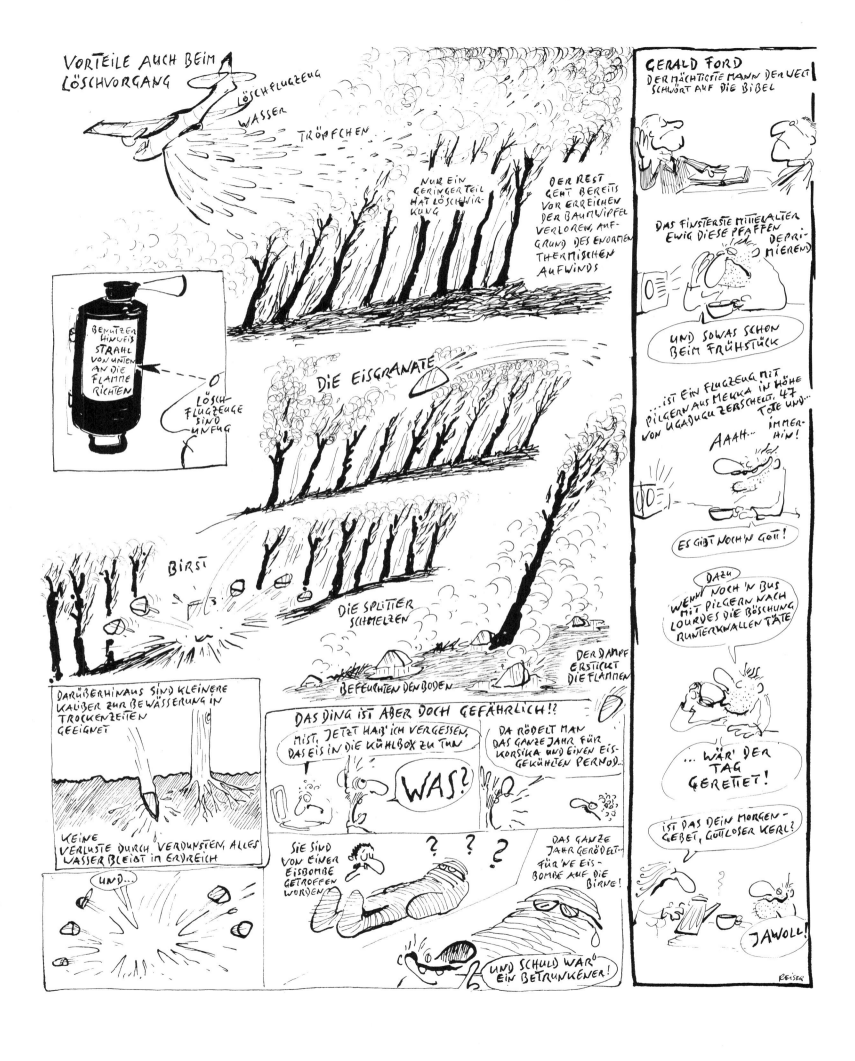

HINTER DEN KULISSEN DER SYNODE

SCHWEIGENDE MEHRHEITEN
HEUTE: DIE KATHOLIKEN

ÜBERBEVÖLKERUNG

MACHT DIE GÖREN PLATT!

ÜBERBEVÖLKERUNG

ZÜCHTET ZIEGEN

DIE ÖLKRISE - FLUCH ODER SEGEN? ...

FRANZOSEN, FRANZÖSINNEN, DIE LAGE IST ERNST. WIR WERDEN DRAKONISCHE MASSNAHMEN ERGREIFEN MÜSSEN

ISOLIERT EURE HÄUSER!

VOLLIDIOTEN! HÖCHSTE ZEIT, DASS DER ÖLPREIS STEIGT. WENN WIR IN DEM TEMPO WEITER GESCHLUCKT HÄTTEN, WÄREN WIR ALLE DRAUFGEGANGEN!

UNSER LEBEN WIRD SICH VON GRUND AUF VERÄNDERN. VIELLEICHT GEHEN WIR HERRLICHEN ZEITEN ENTGEGEN!

EINE FRAGE, DEREN BEANTWORTUNG VON WITZ UND WISSENSCHAFT ABHÄNGT.

DER MENSCHLICHE KÖRPER STRAHLT 37° WÄRME AB

UM DAS ERKALTEN ZU VERHINDERN, ISOLIERT ER SICH MIT KLEIDUNG

DIE WÄRMESTRAHLUNG VERBLEIBT IM KÖRPERINNEREN

DIE ANDERE LÖSUNG IST, DEN BURSCHEN NACKT IN EINEN WÄRMEGEDÄMMTEN RAUM ZU STECKEN, DER INNEN MIT EINER REFLEKTIERENDEN FOLIE AUSGESCHLAGEN IST...

DAS PRINZIP DER THERMOSFLASCHE

EIN RICHTIGER MANN

... IST EIN MAGEN

... UND EIN SCHWANZ

EIN MAGEN UND EIN SCHWANZ ...

SIND DAS EMBLEM DER FRAUENBEWEGUNG!

VERSTEH' EINER DIE WELT...

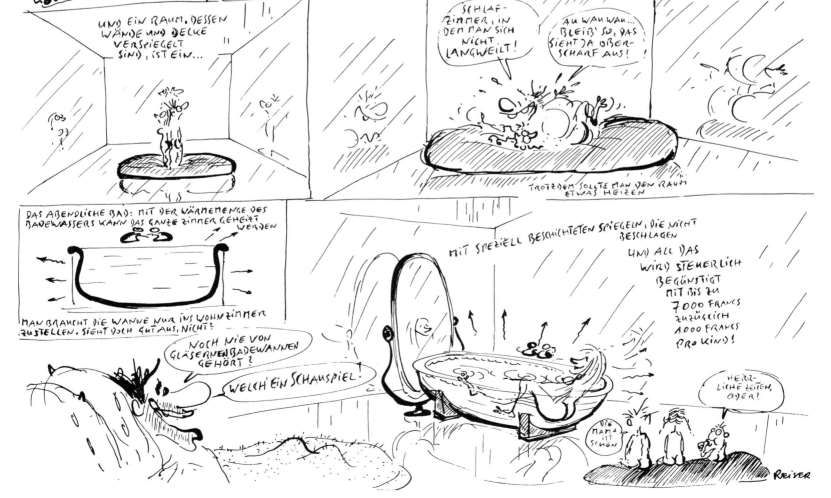

UND EIN RAUM, DESSEN WÄNDE UND DECKE VERSPIEGELT SIND, IST EIN...

SCHLAFZIMMER, IN DEM MAN SICH NICHT LANGWEILT!

AU WAU WAU... BLEIB' SO, DAS SIEHT JA OBERSCHARF AUS!

TROTZDEM SOLLTE MAN DEN RAUM ETWAS HEIZEN

DAS ABENDLICHE BAD: MIT DER WÄRMEMENGE DES BADEWASSERS KANN DAS GANZE ZIMMER GEHEIZT WERDEN

MAN BRAUCHT DIE WANNE NUR INS WOHNZIMMER ZUSTELLEN. SIEHT DOCH GUT AUS, NICHT?

NOCH NIE VON GLÄSERNEN BADEWANNEN GEHÖRT?

WELCH' EIN SCHAUSPIEL!

MIT SPEZIELL BESCHICHTETEN SPIEGELN, DIE NICHT BESCHLAGEN

UND ALL DAS WIRD STEUERLICH BEGÜNSTIGT MIT BIS ZU 7000 FRANCS ZUZÜGLICH 1000 FRANCS PRO KIND!

HERRLICHE ZEITEN, ODER?

DIE MAMA IST SCHÖN

REISER

FRANCO VERWEIGERT DIE LETZTE ÖLUNG

FRANCO PLATZT VOR GESUNDHEIT

ÖLKRISE:

SPIELT SCHUBKARRE!

DIE NEUE LOSUNG

MAKE LOVE NOT CARS!

SCHLUSS MIT JEGLICHER VERSCHWENDUNG!

BENZIN:
DIE BEZUGSSCHEINE SIND GEDRUCKT

DIE GEFÄLSCHTEN AUCH

DER SCHAH VON PERSIEN

DER WESTEN MUSS DEN GÜRTEL ENGER SCHNALLEN

DABEI SIND DIE WESTLER NOCH NIE SO FETT GEWESEN WIE HEUTE

3 ABNEHMEN 1/N°1

DIE DICKEN HABEN JETZT SOGAR IHRE EIGENE ZEITUNG

DAS IST UNRECHTES FETT, DER DRITTEN WELT ABGESTOHLEN

WER DEN GÜRTEL WIRKLICH ENGER SCHNALLEN MUSS, SIND DIE ARMEN SCHWEINE IN INDIEN ODER DER SAHELZONE, DIE IMMER WENIGER ZU ESSEN HABEN

1.) WEIL DIE HILFS-GÜTERTRANSPORTE ZU TEUER SIND, UND...

2.) DER KUNST-DÜNGER, WEIL AUF ERDÖLBASIS, EBENSO.

ICH WERD' EINEN NEUEN REKORD AUFSTELLEN...

NOCH NIE ZUVOR IST EIN MENSCH AUS DERART BEKNACKTEN GRÜNDEN VERHUNGERT

WÜRDEN WIR DICKEN DIE AGRARÜBER-SCHÜSSE NICHT AUFFANGEN, SÄHE ES FÜR UNSERE ZIVILISATION DUSTER AUS!

ABNEHMEN 1/N°1

REISER

AUTOMOBILAUSSTELLUNG

DIE TURBO-HOSTESSEN

TV-STREIK

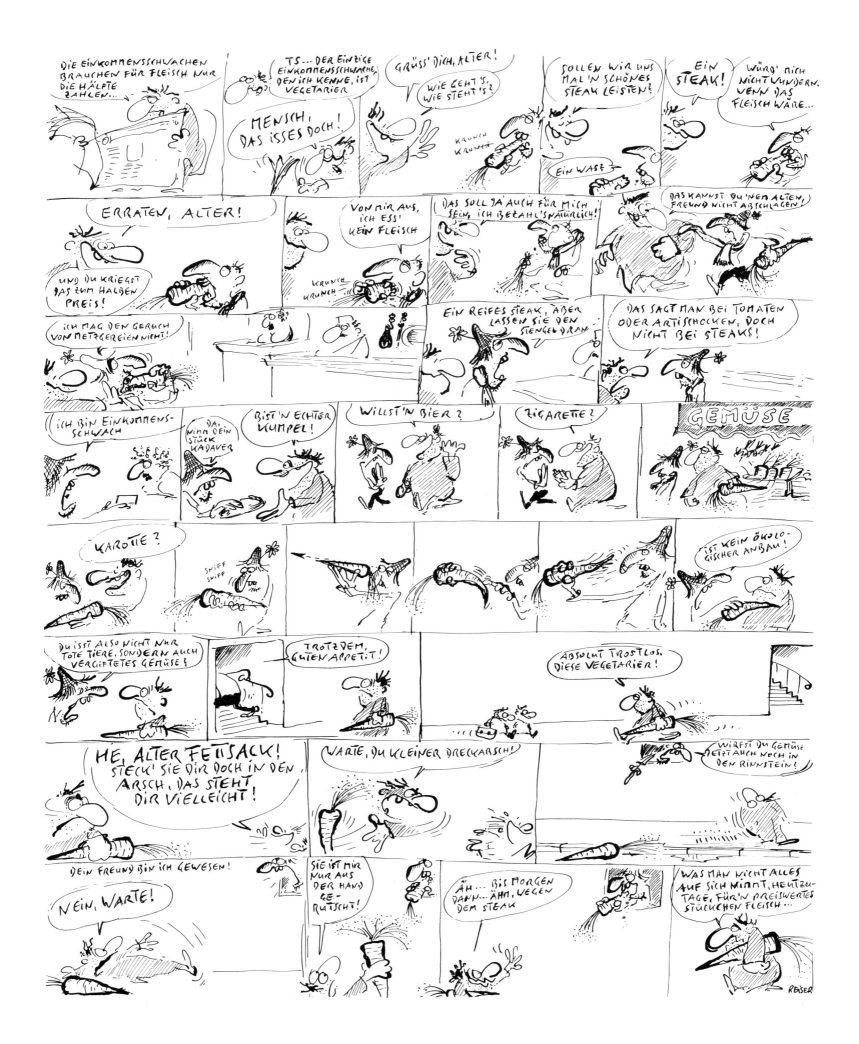

ZUR LAGE DER FRAUEN

NIXON ZWISCHEN
LEBEN UND TOD
AMERIKA BETET

ICH WÜNSCHTE,
ICH WÜRDE WIE
JEDER ANDERE
MÖRDER AUCH
BEHANDELT!

PANIK BEI
DEN UNBESCHOLTENEN

DIE
VERBRECHER
WERDEN
FREIGELASSEN!

WEINPANSCHER-PROZESSE IMMER BELIEBTER

DA IST DER
BÄR LOS !

SÄBELRASSELN UND STIEFELKNARREN IM NAHEN OSTEN

GRRR

im STREIK:

- POST
- PRESSE
- DRUCKEREIEN

FRANKREICH SITZT IN DER SCHEISSE UND HAT KEIN PAPIER MEHR!

WIR SIND ECHT AM ARSCH

JUSTIZ-MINISTERIUM

PLACE VENDÔME

SAMSTAG, 23. MÄRZ UM 17°° UHR

PROTEST-KUNDGEBUNG ZUM MORD AN PATRICK MIRVAL DURCH SEINE BEWACHER IM GEFÄNGNIS VON FLEURY MEROGIS

AUTONOME BRINGEN KNÜPPEL MIT

GEWALTFREIE BRINGEN STIFTE MIT, FÜR DIE UNTERSCHRIFTEN-LISTEN

ORIGINAL-DEMO-AUFRUF VON REISER

WEHRDIENSTVERKÜRZUNG AUF 6 MONATE UND BERUFS-ARMEE!

DIE KRIEGSDIENSTVER-WEIGERER WERDEN ARBEITS-LOS

WIEDER JAGDUNFALL!

HEILIGE JUNGFRAU
ERSCHIEN
JÄGER

ARBEITSLOSIGKEIT:
ENDLICH ZEIT ZUM FICKEN

NEUES VOM LIBERALISMUS: DELFEIL DE TON ANGEKLAGT-
DIFFAMIERUNG DER POLIZEI

ES WAR AUGUST, DIE HITZE UNERTRÄGLICH...

ICH MACH' MIR SCHATTEN MIT CHARLIE HEBDO

DA! WAS SEHE ICH?

EINE DIFFAMIERUNG DER POLIZEI!

ABER-WER BIN ICH NOCHMAL? MENSCH, DER JUSTIZMINISTER!

DA HAB' ICH ECHT WAS AN MICH GEKRIEGT!

AUS WISSENSCHAFT UND FORSCHUNG

PROFESSOR BARNARD VER-PFLANZT HERZ AUF SCHWANZ

ITALIEN IM ABSCHWUNG

ZUR GRUND-AUSRÜSTUNG GEHÖRT 1 FRAU

ES SOLL MEHR HEIMURLAUB GEBEN

STOPPT DIE GEWALT!

DÜRRE

AUTOTECHNIK:
DER SPERMAMOTOR KOMMT

GEBURT EINER BEWEGUNG

MEINE FREUNDE! SIE ALLE HABEN DEN SCHAMLOSEN AUFSTIEG DES RADIKALFEMINISMUS ERLEBT...

ABER HALLO!

WIR SIND JUNGGESELLEN, OHNE FAMILIÄRE ODER GEWERKSCHAFTLICHE FESSELN. WIR KÖNNEN DER WELT IHR GLEICHGEWICHT ZURÜCKGEBEN, INDEM WIR EINE REVOLUTIONÄRE IDEE DURCHSETZEN!

DIE FRAUEN WIEDER AN DEN HERD ZURÜCKTREIBEN!

STIMMT, DARAUF IST NOCH NIEMAND GEKOMMEN...

WAS SICH NÄMLICH KEINER TRAUT. EINE KÜHNE UND DABEI GANZ EINFACHE UND WIRKSAME LÖSUNG, DIE DIE MENSCHHEIT ZU IHREN ERHABENSTEN ZIELEN ZURÜCKFÜHRT!

LEGEN WIR HEUTE DAS FUNDAMENT EINER POLITIK, DIE UNS DEREINST DIE GUNST DER BREITEN MASSEN SICHERN WIRD, DIE GUNST ALLER MÄNNER UND ALLER FRAUEN, DIE FRAU BLEIBEN WOLLEN!

WELCH EIN REDNER

ES FEHLT UNS WEDER AN GELD NOCH ENERGIE, DAVON HABEN WIR IM ÜBERFLUSS. ES FEHLT UNS EIN SCHLAGWORT, EIN SLOGAN!

FINDEN WIR DEN HAMMER-SLOGAN, DER UNSEREM KREUZZUG DEN WEG EBNET, UND DIE WELT GEHÖRT UNS!

DENKEN WIR NACH... EIN SLOGAN, DER UNSERER IDEE WORTE LEIHT, DER UNSEREN ENTHUSIASMUS BEFLÜGELT...

UND GANZ WICHTIG: DIESER SLOGAN MUSS AUS DREI WORTEN BESTEHEN!

DIE TRILOGIE STIFTET KADENZ UND RHYTHMUS EINES SLOGANS, DIE UNERLÄSSLICHEN FAKTOREN DES ERFOLGS!

DIE BEISPIELE SIND LEGION:
VATER - SOHN - HEILIGER GEIST
LIBERTÉ - EGALITÉ - FRATERNITÉ
EISEN - BLEI - BROT
EIN VOLK - EIN REICH - EIN FÜHRER
ARBEIT - FAMILIE - VATERLAND
DU BO - DU BON - DUBONNET

SUCHEN WIR IN DIESER RICHTUNG... DREI WORTE, DIE REINKNALLEN!

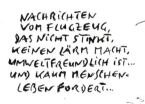

ALARM! DER FORTSCHRITT STOCKT!

FANGEN WIR NOCHMAL BEI 1936 AN!

KONJUNKTUR:
ALLES IN BUTTER!

PRRRPL

WISST IHR, WAS DIE M.L.A.C.* VORHAT?

EINEN MARSCH

SAMSTAG 7. DEZ. UM 15⁰⁰ UHR VOR DER ZENTRALEN KRANKENKASSE RUE DE DUNKERQUE 69 B, GEGENÜBER DER U-BAHN

UM IHRE ENTSCHLOSSENHEIT ZU DEMONSTRIEREN, DASS DER KAMPF UM FREIE ABTREIBUNG AUF KRANKENSCHEIN FORTGESETZT WIRD...

...AUCH FÜR UNS MINDERJÄHRIGE

*SIE WISSEN NICHT, WAS DAS HEISST? DAS HEISST, DASS SIE DAS VORWORT NICHT GELESEN HABEN!

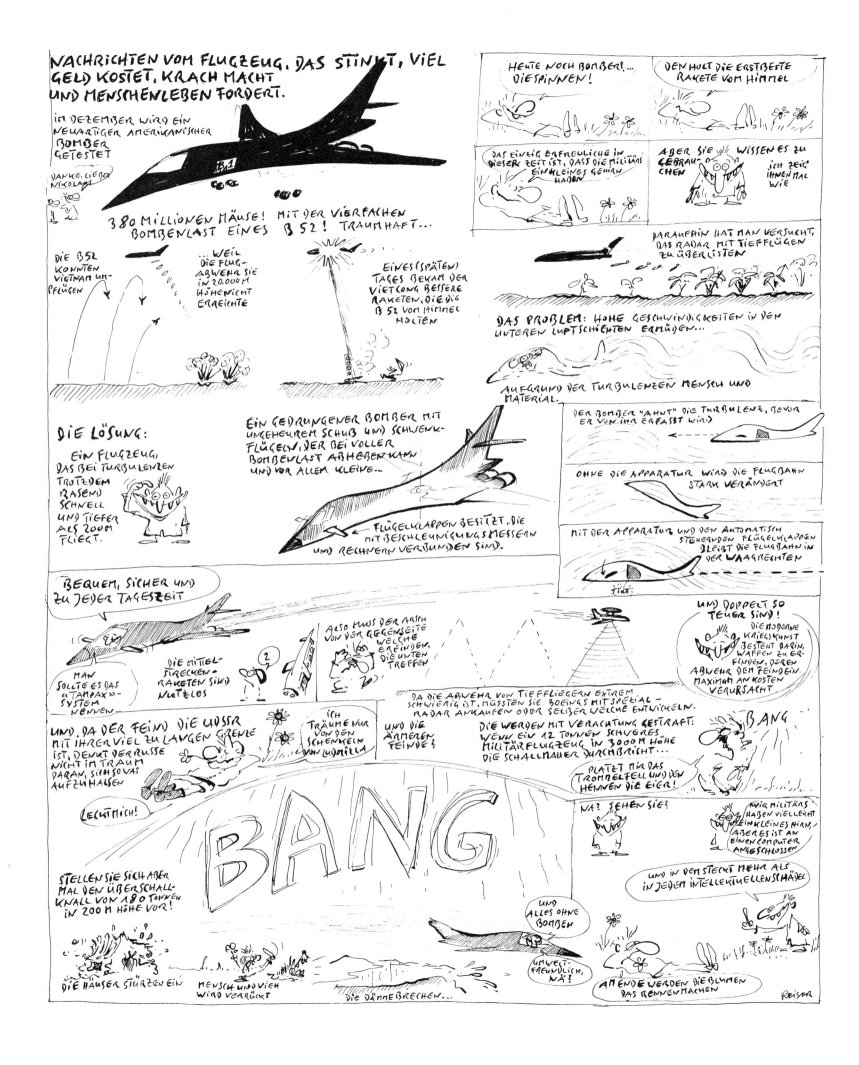

AMTLICH!

DIESJAHR HAT
DAS KLEINE JESULEIN
EINEN RIESENPIMMEL!

DIE GUTEN VORSÄTZE

Reiser auf der Achterbahn

Reiser
Der Schweinepriester
80 Seiten, sw, 24 x 30 cm
ISBN 3-928950-46-0
DM 19,80

Reiser
Die roten Ohren
56 Seiten, sw, 24 x 30 cm
ISBN 3-89460-036-5
DM 19,80

Reiser
Es ist genug für alle da
64 Seiten, 4farbig, 24 x 30 cm
ISBN 3-922969-96-8
DM 24,80

Reiser
Familie Schlaubuckel
48 Seiten, sw, 24 x 30 cm
ISBN 3-922969-85-2
DM 19,80

Reiser
Jeanine
72 Seiten, sw, 24 x 30 cm
ISBN 3-922961-747
DM 19,80

Reiser
Leben unter heißer Sonne
72 Seiten, sw, 24 x 30 cm
ISBN 3-928950-07-x
DM 19,80

Reiser
Mein Papa
64 Seiten, sw, 24 x 30 cm
ISBN 3-928950-53-3
DM 19,80

Reiser
Phantasien
110 Seiten, z.T. farbig, 24 x 30 cm
ISBN 3-922969-56-9
DM 29,80

Reiser
Saison des amours
72 Seiten, sw, 24 x 30 cm
ISBN 3-928950-98-3
DM 19,80

Reiser
Seid ihr häß ich
64 Seiten, sw, 24 x 30 cm
ISBN 3-922969-92-5
DM 19,80

13 und 1 Reiser

Jean-Marc Reiser: besessener Szenarist und
Zeichner „schweinischer" Gesellschaftssatire,
mit 42 Jahren verstorben, indiziert und verboten,
geliebt und verhaßt, voller Zorn und Sensibilität,
eine Provokation und ein Vergnügen. 13 Bücher
aus unterschiedlichen Phasen seines Schaffens
sind jetzt wieder lieferbar, von den frühesten
Arbeiten für die satirische Zeitschrift HARA-KIRI
über die Tierfabeln der 70er Jahre bis zur Zu-
sammenarbeit mit Coluche und der Darstellung
des Geschlechterkampfes vor seinem Tod im
Jahre 1983. Die scheinbar nachlässig auf das
Papier geworfenen Zeichnungen charakterisieren
und karikieren mit gnadenloser Offenheit und
verzweifeltem Humor.

Reiser
Sexdoping
72 Seiten, z.T. farbig, 24 x 30 cm
ISBN 3-928950-06-1
DM 24,80

Reiser
Tierleben
72 Seiten, z.T. farbig, 24 x 30 cm
ISBN 3-922969-80-1
DM 24,80

Reiser
Unter Frauen
80 Seiten, 4farbig, 24 x 30 cm
ISBN 3-922969-54-2
DM 24,80

achterbahn